Paddington

Jardine

Première publication en langue originale par HarperCollins Publishers Ltd. sous le titre
Paddington in the Garden

Texte © Michael Bond, 2002, 2008
Illustrations © R.W. Alley, 2002
Tous droits réservés.
L'auteur et l'illustrateur revendiquent leurs droits moraux à être identifiés
comme les auteurs et illustrateurs de cette œuvre.

© Michel Lafon, 2014, pour la traduction française
118, avenue Achille Peretti – CS 70024
92521-Neuilly-sur-Seine Cedex
www.lire-en-serie.com

Dépôt légal : avril 2014
ISBN : 978-2-7499-2189-1
LAF 1835A

Imprimé en Chine.

MICHAEL BOND

Paddington jardine

Illustré par R.W. ALLEY

Traduction et adaptation de l'anglais (Grande-Bretagne) par Jean-Noël Chatain

Michel LAFON

Un matin, Paddington sortit dans le jardin et se mit à dresser la liste de tous les avantages dont bénéficiait un ours qui vivait avec la famille Brown.

Il avait une chambre pour lui tout seul, avec un lit bien chaud. On lui servait de la marmelade *chaque* matin au petit déjeuner. Au fin fond du Pérou, il y avait seulement droit le dimanche.

La liste devint bientôt si longue qu'il se retrouva presque à court de papier, avant de réaliser qu'il avait oublié le plus agréable de tous les avantages…

… Le jardin lui-même !

Hormis les bruits du chantier de construction voisin, qu'on entendait de temps à autre, le jardin était si calme et si paisible qu'on n'avait pas l'impression d'être en plein cœur de Londres.

Mais les jolis jardins n'apparaissent pas comme par miracle. Ils nécessitent en général beaucoup de travail, et celui du 32 Windsor Gardens ne faisait pas exception à la règle.

M. Brown devait tondre la pelouse deux fois par semaine et Mme Brown se chargeait d'ôter les mauvaises herbes dans les plates-bandes.

Il y avait toujours quelque chose à faire. Même Mme Bird venait donner un coup de main, chaque fois qu'elle avait du temps libre.

Ce fut d'ailleurs Mme Bird qui suggéra d'offrir à Jonathan, Judy et Paddington un emplacement pour chacun dans le jardin.

— Cela évitera à un certain ours de faire des bêtises, dit-elle d'un air entendu. Et ce sera tout aussi amusant pour Jonathan et Judy.

M. Brown jugea l'idée excellente et délimita trois parcelles tout au bout de la pelouse.

Paddington était fou de joie.

— Je ne crois pas que beaucoup d'ours ont leur propre jardin ! s'exclama-t-il.

Le lendemain matin de bonne heure, tous les trois se mirent au travail.

Judy décida de faire une plate-bande et Jonathan avait l'intention d'utiliser d'anciennes dalles de pierre.

Mais Paddington ne savait pas comment s'y prendre.
Il avait souvent constaté que le jardinage se révélait bien plus difficile qu'on ne le croyait, surtout quand on doit se débrouiller avec ses pattes.

Finalement, armé d'un pot de marmelade de Mme Bird,
il emprunta la brouette de M. Brown et partit se promener
en quête d'idées.

Il s'arrêta d'abord au marché, où il acheta un livre intitulé *Comment agencer son jardin*, de Lionel Trug.

L'ouvrage était vendu avec tout un assortiment de graines et la photo de la couverture lui plut tout de suite. On y voyait, en effet, M. Trug allongé dans son hamac et ravi de l'agencement de son jardin.

À la fin du livre, sans avoir levé le petit doigt, il était entouré de fleurs épanouies !

Paddington se dit que l'ouvrage méritait son prix, d'autant plus que le vendeur lui rendit deux pence de monnaie.

Le livre de M. Trug fourmillait d'astuces et de conseils utiles.

Avant de commencer, il conseillait de fermer les yeux et d'essayer d'imaginer le jardin quand il serait terminé. Ce que fit Paddington, qui percuta par mégarde un réverbère !

Il décida alors de lire encore une page ou deux et découvrit une bien meilleure idée. M. Trug suggérait de prendre un peu de recul et d'observer le jardin à une distance respectable, si possible en hauteur.

Paddington sut aussitôt où aller.

Le temps d'arriver sur le chantier
voisin de la maison des Brown, c'était
déjà le milieu de la matinée et tous
les ouvriers prenaient leur pause-thé.

Paddington posa son pot de marmelade sur
une plate-forme en bois, puis s'assit sur un tas de briques
pour réfléchir.

Personne alentour…

Il aperçut alors une échelle tout près de lui…

M. Trug disait vrai. Vu d'en haut,
le jardin des Brown avait une tout autre
allure. Mais avant de pouvoir reprendre
son souffle, Paddington entendit un moteur
démarrer. Il regarda dans un trou entre deux
planches et écarquilla les yeux, affolé !

Juste au-dessous de lui, un homme déversait
du ciment à l'endroit même où il avait laissé son
pot de marmelade !

Paddington descendit de l'échelle à toute vitesse
et arriva en bas, au moment où le contremaître surgissait
à l'angle d'un mur.

— Un problème ? demanda l'homme. Tu as l'air contrarié.

— Mon pot est enseveli ! s'exclama Paddington en montrant le tas de ciment. Mme Bird y avait glissé ses meilleures et plus grosses pépites dorées !

— Je ne vais pas te demander ce que ton pot faisait là, reprit le contremaître, pendant que ses ouvriers répartissaient le ciment en petits tas, ni même ce que tu fabriquais en haut de cette échelle.

— Vous m'en voyez ravi, répliqua Paddington en soulevant poliment son chapeau.

Tout à coup, Paddington entendit un drôle de vrombissement au-dessus de sa tête. À sa grande surprise, la plate-forme atterrit à ses pieds.

— Ma marmelade ! s'écria-t-il joyeusement.

— Ta *marmelade* ? répéta le contremaître en contemplant le pot. Tu as bien dit marmelade ?

— Exact, confirma Paddington. Je l'avais posée là pour mon casse-croûte de 11 heures. On a dû l'enlever par erreur. Oh, là, là ! Le couvercle s'est dévissé !

Au tour du contremaître de regarder la scène comme s'il n'en croyait pas ses yeux.

— C'est du ciment spécial à prise rapide ! gémit-il. Il est sans doute déjà dur comme de la pierre. Personne ne m'en donnera deux pence à présent !

— Moi si, rétorqua Paddington vivement. J'ai une idée !

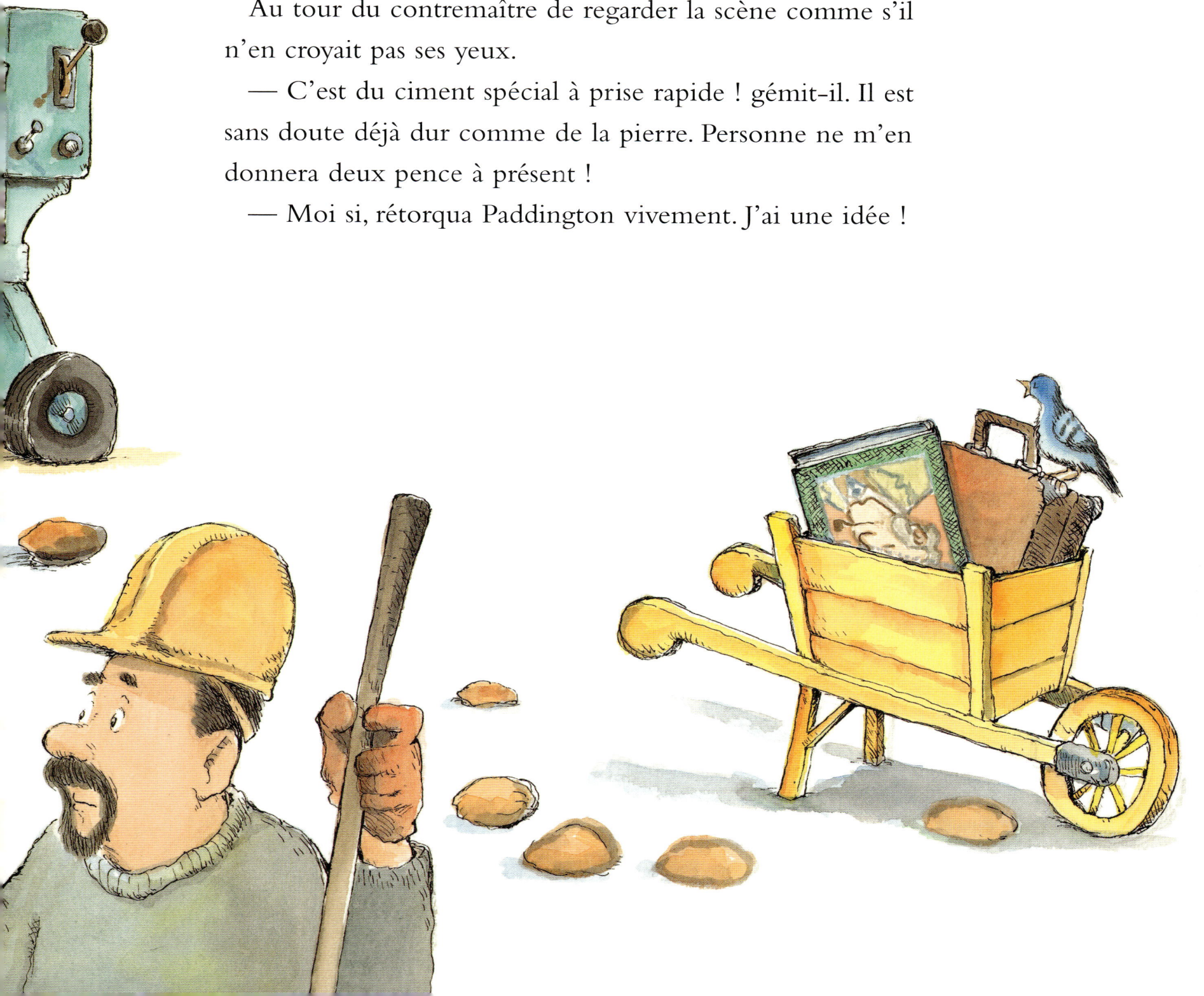

Paddington s'affaira alors tout le reste de la semaine.

Lorsque les ouvriers virent le jardin de pierres qu'il avait réalisé, ils furent vraiment impressionnés. Le contremaître lui offrit même quelques plantes pour le compléter, jusqu'à ce que ses graines se mettent à pousser.

— Samedi a lieu le concours du plus beau jardin, annonça-t-il. De grandes personnalités font partie du jury. Je vais en parler autour de moi. Tu as toutes tes chances, qui sait ?

Concours
du
PLUS BEAU
JARDIN
samedi ... mai

Le contremaître fut fidèle à sa parole,
et le samedi venu, la moitié du quartier
attendait au 32 Windsor Gardens l'arrivée du jury.
Paddington faillit tomber à la renverse
de surprise, quand il découvrit M. Lionel
Trug en personne en tête du cortège !

— C'est très gentil à vous d'avoir
abandonné votre hamac, monsieur Trug !
s'exclama-t-il.

— Euh… je t'en prie, dit Lionel Trug.
Tout le plaisir est pour moi.
J'adore tes pierres orange.
Où les as-tu trouvées ?

— Disons que ce sont plutôt
elles qui m'ont trouvé,
expliqua Paddington.
Grâce aux ouvriers
du chantier.

— Félicitations ! dit M. Trug en remettant
à Paddington l'étoile d'or du plus beau jardin.
C'est agréable de voir un jeune ours se mettre
au jardinage. J'espère que beaucoup d'autres
vont t'imiter.

— Qui l'aurait cru ? déclara M. Brown,
quand la dernière personne fut partie.

— Tu dois écrire à tante Lucy et tout lui
raconter, dit Mme Bird. Tous les pensionnaires
de sa maison de retraite pour ours vont se réjouir
quand elle leur annoncera la nouvelle.

Paddington trouva l'idée excellente,
mais il avait d'abord quelque chose à faire.

Il souhaitait ajouter un élément important à la liste de tous les avantages dont bénéficiait un ours qui vivait chez les Brown :

AVOIR SON PROPRE JARDIN DE PIERRES !

Il signa ensuite de son nom
et ajouta sa touche personnelle :
l'empreinte de sa patte…
uniquement pour prouver
que c'était bien lui !